Wilhelm Velten

Über die Folgen der Einwirkung der Temperatur auf die Keimfähigkeit und Keimkraft der Samen von Pinus Picea Du Roi

Antigonos

Wilhelm Velten

Über die Folgen der Einwirkung der Temperatur auf die Keimfähigkeit und Keimkraft der Samen von Pinus Picea Du Roi

Unveränderter Nachdruck der Originalausgabe von 1876.

1. Auflage 2024 | ISBN: 978-3-38634-066-3

Antigonos Verlag ist ein Imprint der Outlook Verlagsgesellschaft mbH.

Verlag: Outlook Verlag GmbH, Zeilweg 44, 60439 Frankfurt, Deutschland, info@outlook-verlag.de
Vertretungsberechtigt: E. Roepke, Zeilweg 44, 60439 Frankfurt, Deutschland
Druck: Libri Plureos GmbH, Friedensallee 273, 22763 Hamburg, Deutschland

Über die Folgen der Einwirkung der Temperatur auf die Keimfähigkeit und Keimkraft der Samen von Pinus Picea Du Roi.

Von Dr. **Wilhelm Velten.**

(Mit 1 Tafel.)

(Aus dem pflanzenphysiologischen Laboratorium der k. k. forstlichen Versuchsleitung in Wien.)

Weder für wissenschaftliche noch für praktische Zwecke sind die Fragen über die Wirkung des Erwärmens von Samen auf deren Entwicklung hinreichend untersucht. Das Experimentiren auf diesem Gebiete befindet sich in einem Jugendzustande, welcher dadurch gekennzeichnet ist, dass alle Versuchsresultate Specialfälle darstellen, welche erst mit dazu dienen ein allgemeines Gesetz zu ermitteln, das freilich in seinem Wesen zu ergründen erst einer späteren Zeit vorbehalten sein wird.

Vor Allem handelte es sich bei mir darum in bestimmter Weise zu entscheiden ob die Keimkraft mit Erhöhung der Temperatur plötzlich abnehme, so dass sie von ihrem vollen Werthe mit einem Mal auf Null fiele, oder ob sie sich periodisch ändere, oder ob ihre Abnahme ganz allmählig stattfinde, endlich aber, was ich für unwahrscheinlicher hielt, ob sie möglicherweise auch zunehmen könne.

Nicht minder wichtig war es zu erfahren, ob ein länger andauerndes Erwärmen von Samen bei verhältnissmässig niederen Temperaturgraden einer kürzeren Zeitdauer bei höherer Temperatur in seiner Wirkung entspreche. Ferner sollte die Untersuchung keinen Zweifel darüber lassen, ob Keimvermögen und Keimkraft identisch seien.

In Bezug auf letzteren Punkt muss ich die Bemerkung machen, dass ich unter Keimvermögen oder Keimfähigkeit lediglich nur das Verhältniss des Keimprocentes für eine bestimmte oder unbestimmte Zeit, während welcher ein Same der Keim-bedingungen ausgesetzt ist, verstehe, gleichviel ob derselbe in einer gewissen Zeit einen grossen oder kleinen Keimling zum Vorschein kommen lässt, während ich andererseits die Keimkraft, Keimungsenergie, daraus ableite, ein wie grosses Volumen oder Gewicht oder welche Länge ein ausgewachsener Embryo für eine gegebene Zeit besitzt.

Im Allgemeinen können wir sagen, dass das Volumen, das Gewicht oder die Länge eines Keimlings einen Massstab für die Keimkraft abgebe, weil die Entwicklung des Keimes in propor-tionalem Verhältniss steht zu der Keimkraft. Diese Factoren geben daher ein Bild von der Keimkraft. Dieser eben ausgespro-chene Satz ist eine Hypothese, welche ihrer Natürlichkeit halber aber so lange als richtig und zweifellos angenommen werden kann, als nicht das Gegentheil bewiesen wird.

Ich habe mich längere Zeit mit der Frage beschäftigt, welcher Grösse, dem Volumen, dem Gewichte oder der Länge der Keime der Vorzug zu geben sei, und ich kam zu dem Resultat, dass man dem wirklichen Werthe am nächsten kommt, wenn man die Volumenbestimmung derjenigen der anderen Grössen vorzieht.

Die Gewichtsbestimmung ist die wenig empfehlenswertheste, und zwar desshalb, weil, ehe die Keimlinge gewogen werden, sie stets oberflächlich zuvor abzutrocknen sind bis äusserlich kein tropfbarflüssiges Wasser mehr zu sehen ist, und während dieser Operation schreitet die Verdunstung an einzelnen Stellen leicht zu weit vor, was sofort durch das Gewicht angezeigt wird. Die Werthe der Gewichtsbestimmung haben daher häufig soweit variirt, dass ich sie zuletzt verlassen habe. Selbst ihren Werth mit der einer der andern Grössen in irgend einer Weise durch Rechnung zu combiniren hielt ich ebensowenig für zweckmässig.

Die Bestimmung der Länge der Keimlinge ist bei zahlreichem zu messendem Material, wie dies bei meinen Versuchen immer der Fall war, eine äusserst mühselige Arbeit, vorausgesetzt, dass sie eben genau ausgeführt wird. Sie hat ausserdem noch einen gewichtigen Nachtheil. Die Dicke der Versuchspflänzchen steht durchaus nicht in einem directen Verhältniss zu ihrer Länge, so dass lange Pflanzen dünn und dick sein können, wenn man mehrere Objecte desselben Versuches, die unter ganz gleichen äusseren Versuchsbedingungen gewachsen waren, vergleicht; sie gibt daher auch nur einen ganz rohen Werth der Energie an, mit der ein Same keimt. Die Längenbestimmung bietet nur den einen Vortheil, dass sie nicht nur darüber Aufschluss gibt, wie gross die Gesammtlänge sämmtlicher Pflanzen eines Versuches ist, sondern sie gestattet gleichzeitig Einsicht, ob diese Pflanzen alle gleich gross oder ob sie verschieden in ihrer Grösse sind. Da wo die Kenntniss dieses Umstandes sehr in's Gewicht fällt, muss sie für alle Fälle ausgeführt werden. Im Allgemeinen lässt sich aber festhalten, dass wenn das Samenmaterial an und für sich schon in seiner Entwicklung eine gewisse Gleichförmigkeit verräth, und für wissenschaftliche Versuche ist dies immer nothwendig, es auch bei gleichförmiger Behandlung mit äusseren Agentien auch dieselben oder wenigstens ähnliche Phasen der Veränderung unter sich durchmacht. Desshalb paralysiren sich im Allgemeinen die Versuchsfehler, wenn man den Gang der Entwicklung des Einzelkornes in Betracht zieht. In den meisten Fällen wird es aus diesem Grunde genügen, den Gesammtwerth einer grösseren Zahl von Keimpflanzen zu erfahren.

Die Volumengrösse nun ist die constanteste. Die Pflänzchen werden auf Fliesspapier oberflächlich abgetrocknet, soweit bis das sichtbare Wasser auf der Pflanzenoberfläche entfernt ist. Schreitet die Verdunstung während dieser Zeit an einzelnen Punkten zu weit vor, so ist die Gefahr, dass dieselbe wesentliche Fehler veranlasse nur gering, weil die Starrheit der Membranen durch mässige Verdunstung dort nicht sofort verloren gehen wird, daher das Volumen so ziemlich dasselbe bleiben kann. Ein kubicirter Messcylinder, dessen Wasserstand ich mit einem Fernrohr ablese, steht bereit und das Volumen wird auf die bekannte Weise bestimmt. Im Folgenden führe ich aus den eben angegebenen Gründen lediglich die Volumenbestimmungen an.

Ich gehe nun über zur Beschreibung der Versuche. Anfangs October vorigen Jahres erhielt ich von der Erzherzog Albrecht'schen Kammer Teschen aus dem Forstreviere Istebna bei Jablunsau in Österreichisch-Schlesien eine grössere Anzahl Fichtenzapfen, welche fast noch ganz geschlossen waren. Man hatte sie einem grossen Vorrath entnommen, der im Monate September 1872 gesammelt worden war. Sie stammten aus ein und derselben Gegend von einer Höhe von 3000' über dem Meere, von einem Standort, wo die Fichte vorzüglich gedeiht. Es sind Rothfichtenzapfen. Ich habe mit diesen Zapfen, deren Samen sich durchgehends annähernd in ihrem Keimvermögen und ihrer Keimkraft gleich verhielten den ganzen Winter hindurch über die Einwirkung der Temperatur auf dieselben und deren Inhalt Versuche angestellt, die eine praktische Tendenz hatten, auf welche ich am Schlusse dieser Mittheilung daher nur kurz zurückkommen darf.

Später stellte sich das Bedürfniss heraus auch vom theoretischen Standpunkte aus eine bestimmte Einsicht in die Wirkungsweise verschiedener Temperaturgrade zu erhalten und die Versuche, welche von diesem aus unternommen wurden, will ich sogleich mittheilen. Die nächste Versuchsreihe wurde im Laufe dieses Sommers ausgeführt.

Die während des Winters fast noch ganz geschlossenen Zapfen begannen mit Eintritt des Sommers sich etwas mehr von selbst zu öffnen. Ich sammelte sowohl die hierdurch von selbst ausfallenden Samen und mischte sie mit denen, die ich künstlich aus den Zapfen herauspräparirte. Es wurden dann jeweils eine Hundert übersteigende Samenzahl während der für alle Versuche constanten Zeitdauer von vier Stunden auf 40, 45, 50, 55, 60, 65, 70, 75, 80, 90 und 100° C. erhitzt. Das Erhitzen geschah so, dass ich ein grösseres kupfernes Luftbad zuvor auf eine bestimmte Temperatur einstellte, was mittelst eines Thermoregulators leicht bewerkstelligt werden konnte. Auf einer Etage befand sich ein kleines Gefäss, in das ein Thermometer herabreichte. Um dieses Thermometer herum schüttete ich möglichst rasch die Versuchssamen und sorgte nun dafür, dass ausser dieser Anfangsschwankung während des Versuches die Temperatur im Innern des kupfernen Luftbades constant blieb. Sobald nach der Einführung der Samen das Thermometer wieder die gewünschte Temperatur erreicht hatte, was stets eine kurze Zeit in Anspruch nahm, wurde begonnen, die Zeit zu notiren. Wenn der Versuch beendet war, wurden die Samen mit destillirtem Wasser übergossen und blieben so während 24 Stunden bei einer 24° C. sich änhernden Temperatur stehen. Dann säete ich je 100 Samen und zwar nur solche, welche im Wasser untergesunken waren und hiedurch die Möglichkeit ihrer Keimfähigkeit von vornherein bekundeten,[1] in flache Glastafelschalen aus, deren Boden mit sehr weitmaschigem Stramin ausgekleidet war. Hierauf brachte ich die Schalen in den im Anhang beschriebenen Thermostaten, welcher constant eine Temperatur von 24° C. zeigte und unterbrach täglich einmal diese Temperatur um möglichst sicher und bequem[2] meine Ablesungen machen zu können stets zu gleicher Zeit und gleich lang, so dass die geringe Temperaturschwankung, welche die Samen hierdurch erlitten, auf alle in gleicher Weise einwirkte und ein Fehler in der Untersuchung nicht zu befürchten war.

Die Grösse der Pflänzlinge variirt aber nicht nur mit der Temperatur, sondern auch mit dem Lichte. Im Dunkeln gewachsene Pflanzen werden sehr gross. Im gedämpften Lichte erzogene Keimlinge sind grösser als solche, die dem directen Lichte ausgesetzt waren. Da es sich bei meinen Versuchen um ein mehrtägiges Wachsen handelte, so war die Frage aufzuwerfen, ob dies im Licht oder in der Dunkelheit zu geschehen hätte. Im Lichte liess sich der Versuch nicht wohl ausführen, weil die Intensität des Lichtes selbst sehr variabler Natur ist und daher vergleichende Untersuchungen mit zu verschiedener Zeit keimenden Samen nicht gemacht werden konnten. Ich zog daher alle meine Pflänzlinge im dunkeln Raume. Dieser Factor war daher als annähernd constant anzusehen. Obgleich das Vergeilen in unserem Versuche gegen Ende desselben einigen Einfluss ausübt, so fällt dieser Versuchsfehler doch nicht weiter in die Wagschale, weil bei Pflanzen, welche in ihrer Entwicklung nicht sehr bedeutend differiren der Einfluss der gleiche ist; bei solchen, bei denen eine grössere Differenz statt hat, kommt ein Versuchsfehler weniger in Betracht, weil wir noch weit davon entfernt sind mit mathematischer Schärfe die Werthe zu bestimmen.

---

[1] 15% durchschnittlich sanken im Wasser nicht unter.

[2] Da es bei diesen Versuchen nicht auf eine möglichst grosse und ununterbrochene Constanz der Temperatur ankam, brauchten selbstverständlich nicht alle Cautelen an dem Thermostaten zur Anwendung zu kommen, die Versuche anderer Art verlangen würden.

Die Wirkung der Schwerkraft konnte ebenso als constant angesehen werden, da einmal gekeimte Samen, wenn sie auch verlegt, so doch ihre Wurzel niemals aus ihrer ursprünglichen Richtung zur Erde wesentlich gerückt wurde.

Waren nun hiermit die Hauptbedingungen gegeben, welche zur Erlangung eines exacten Resultates nothwendig sind, so waren andererseits in manchen weiteren Punkten die Versuchs-bedingungen schwer ganz gleich zu machen. Es ist vor Allem schwierig, den Pflanzen täglich die gleiche entsprechende Wasser-menge zuzuführen, weil dieselben je nach ihrer Entwicklung verschiedener Wassermengen bedürfen. Meiner Ansicht nach ist es hauptsächlich der Umstand, dass die bei Samenversuchen sich ergebenden Resultate gewöhnlich keine allzu grosse Über-einstimmung zeigen und ein Gesetz nicht mit der Schärfe erken-nen lassen, wie man es bei Versuchen anderer Art gewöhnt ist, dass das zur Vegetation unentbehrliche Wasser nicht nach bestimmten, aus Experimenten festgesetzten Mengen den Ver-suchspflanzen verabreicht werden kann. Derartige Untersuchun-gen sind noch nicht in genügend exacter Weise durchgeführt.

Die Versuchsdauer setzte ich für die Fichte stets auf 14 Tage fest, so dass der Tag des Einweichens in Wasser mit eingerech-net es stets der 15. Tag war, an dem der Versuch unterbrochen wurde und die Volumenbestimmung begann.

Nach dieser Zeit haben alle Samen, welche nicht ausge-sprochen leidend sind, gekeimt; es findet entweder gar keine Zunahme der Zahl der Keimlinge statt, oder sie ist so gering, dass sie nicht mehr in Betracht kommt. Bei ausgesprochen kränklichen Samen ist die Zunahme oft noch recht merklich, aber die Entwicklung der Keimlinge auch steigend schwächer, bis schliesslich Alles zu schimmeln und zu faulen beginnt.

Die vorliegende Tabelle bezieht sich auf je 100 Samen vom 5. Tage an, wo das Keimen anfing, bis zum Ende des 15. Tages gehend.

Ein Same wurde dann als gekeimt angenommen, wenn er horizontal gelegen an seiner austretenden Wurzelspitze eben die Wirkung der Schwerkraft durch eine schwache Krümmung nach abwärts verrieth.

Die letzte Reihe enthält die Controlsamen, welche gar nicht erwärmt worden waren.

Die Zahlen deuten das Keimprocent für jeden einzelnen Tag an.

Schlesische Fichtensamen
im Sommer 1876 untersucht.

	90	80	75	70	65	60	55	50	45	40	0
				Grad Celsius							
4. Tag	0	0	0	0	0	0	0	0	0	0	0
5.	0	0	0	0	1	8	15	19	30	32	32
6. „	0	0	2	1	5	33	32	35	47	56	45
7. „	0	0	2	7	15	39	40	50	56	62	60
8. „	0	0	3	12	29	41	46	52	61	65	65
9. „	0	0	3	14	40	45	47	53	61	65	67
10. „	0	2	4	14	43	46	48	54	63	65	67
11. „	0	5	8	19	50	48	48	54	63	65	68
12. „	0	6	9	20	53	48	48	54	63	65	68
13. „	0	6	13	23	56	48	48	55	63	65	68
14. „	0	8	14	25	56	48	48	55	63	65	68
15. „	0	8	17	27	56	48	48	55	63	65	68

Aus dieser Tabelle geht zunächst hervor, dass die grösste Zahl der keimfähigen Körner dem Versuche mit unerwärmten Samen zukömmt, dass mit Erhöhung der Temperatur, von den vorderhand nicht vermeidlichen Versuchsfehlern abgerechnet, das Keimvermögen allmälig abnimmt, dass durch eine einstündige Erwärmung auf 80° C. der Nullpunkt der Keimfähigkeit fast erreicht ist. Die erwärmten Samen keimten fast durchgängig langsamer als die unerwärmten. $\frac{1}{4}$stündiges Erhitzen auf 40 bis 45° C. hatte aber kaum einen Einfluss auf die Keimfähigkeit.

Eine wichtige Frage, welche ich schon eingangs angedeutet habe, war nun die, zu wissen, ob die Keimkraft derjenigen Samen, die überhaupt, sei es bei welcher Temperatur es wolle, keimten, verschieden sei, oder ob sie mit Erhöhung der Temperatur abnehme und in welchem Verhältniss dies geschehe.

In Bezug auf die Volumenbestimmung füge ich nur noch bei, dass die Grösse der Messgefässe sich jeweils nach der Anzahl und der Grösse der Keimlinge richtete. Die Gefässe wurden immer möglichst klein gewählt, weil die Ablesungen dadurch um so genauer durchgeführt werden konnten. Die Samenschalen habe ich stets mitgemessen, weil bei wenig entwickelten Pflänzchen es unausführbar gewesen wäre bei jedem einzelnen den Samenkörper von dem eben ausgewachsenen Embryo zu trennen. Da bei sämmtlichen Versuchen die Samenschalen mitgemessen wurden, so konnte dies keinen Fehler involviren. 124 Stunden in Wasser eingeweichte Fichtensamen besassen ein Volumen von 1·1 CC., nach welchem Verhältniss eine der Samenzahl entsprechende Grösse abgezogen werden müsste, wenn man wissen wollte, wie gross lediglich das Volumen der Keimlinge sei. Sobald die Pflänzchen im Wasser eingetaucht waren, wurde vor jedesmaligem Ablesen des kubicirten Messgefässes dasselbe tüchtig aufgestossen um adhärirende Luftbläschen zu entfernen, was auch mit Vorsicht mit einem Glasstab geschehen konnte, dann aber möglichst rasch die Messung vorgenommen.

Die Volumenwerthe der Keimlinge des ersten Versuches sind in Folgendem gegeben. Hierbei sind sämmtliche Werthe auf 100 Keimlinge umgerechnet, um dieselben vergleichbar zu machen. Das Volumen v ist für jede Temperatur in Kubikcentimetern ausgedrückt. Null ist die Controlle.

	v
0° C.	3·9
40	3·8
45	3·9
50	3·6
55	3·7
60	3·4
65	3·0
70	1·9
75	1·8
80	1·5

Das aus diesen Werthen abgeleitete Gesetz lautet, dass nicht nur das Keimungsvermögen, sondern auch die Keimkraft mit Erhöhung der Temperatur abnimmt, bis sie sich schliesslich dem Werthe Null nähert. Die Abnahme des Volumens erfolgt gleichfalls allmählig, man kann sagen proportional der Zunahme der Temperatur. Obgleich bei Beendigung des Versuches und auch schon früher die Zahl der Keimlinge bei Temperaturwirkungen von 40—65° C. nicht beträchtlich verschieden war, ist die Keimkraft schon sehr merklich different. Die Abnahme des Keimvermögens und der Keimkraft erfolgt somit nicht in demselben Tempo.

Dürfen wir dieses Resultat verallgemeinern? Die angewandte Methode gäbe vielleicht die Berechtigung dazu. Aber über den innern Vorgang in den Samen, der physikalisch, chemisch oder wenn man will physiologisch sein kann, haben wir noch gar keine sicheren Anhaltspunkte, und eben aus diesem Grunde ist es leicht möglich, dass das vorliegende Resultat einen Specialfall darstellt, der nur für einen gewissen ganz bestimmten Zustand, in dem der Same sich befindet, gilt und der mit dessen Veränderung auch Variationen zulässt. Die Versuche Wiesner's, gleichfalls mit Fichtensamen unternommen, auf die ich am Schlusse speciell zurückkomme, haben Resultate ergeben, die benutzt werden könnten, das Gegentheil von dem zu behaupten was wir soeben festgestellt haben.

Ich will vor Allem noch eine kleine Versuchsreihe mittheilen, welche dieselbe Frage beantworten sollte; es war nur hierzu ein anderes Material verwendet. Ich liess mir schon zu Anfang des letzten Winters Fichtenzapfen aus Innsbruck kommen, welche im Herbst 1875 abgepflückt worden waren. und habe sie diesen Sommer ganz nach derselben Methode untersucht und behandelt, die ich soeben beschrieben habe. Die Zeitdauer der Erwärmung betrug für alle Detailversuche ebenfalls vier Stunden. Das Keimungsvermögen der Samen bei verschiedenen Temperaturen ergibt sich aus der folgenden Tabelle, wobei ich zu bemerken habe, dass die Versuchssamen den Zapfen theils durch Schütteln, theils durch Zerreissen entnommen und zuvor gemischt wurden.

Tiroler Fichtensamen

im Sommer 1876 untersucht.

	90	80	70	60	50	40	0
			Grad	Celsius			
4. Tag	0	0	0	0	0	0	0
5. „	0	0	7	11	26	33	30
6. „	0	0	22	25	40	63	60
7. „	0	4	37	46	49	75	70
8. „	0	8	57	52	50	77	77
9. „	0	14	67	57	51	80	80
10. „	0	16	71	57	53	80	81
11. „	0	19	72	58	54	80	81
12. „	0	19	75	59	54	81	81
13. „	0	24	75	61	54	81	81
14. „	0	27	75	61	54	81	81
15. „	0	27	75	61	54	81	81

Das Erwärmen auf 40° hatte hier keinen Einfluss auf das
Keimvermögen, wenn man die vorliegende Tabelle abmustert.
Das wiederholte Steigen der Keimzahl mit der Erhöhung der
Temperatur, wenn sie auch die der unerwärmten Samen nicht
erreicht, lässt sich schwer deuten; hier bleibt also ein Zweifel
über das Gesetz. Man erhält aber in den ganzen Process einen
Einblick, wenn man die Volumina der gekeimten Samen auf 100
berechnet und mit einander vergleicht; es zeigt sich dann sofort,
dass aus der Zahl der gekeimten Samen sich nicht auf die Grösse
ihrer Entwicklung, auf ihre Keimungsenergie schliessen lässt.
Die Volumina sind, in Kubikcentimetern ausgedrückt, folgende:

t.

0° C.	2·6
40	2·7
50	2·7
60	2·3
70	2·2
80	1·8

Die Volumenwerthe sagen aus, dass das Volumen oder die
Keimkraft mit Erhöhung der Temperatur allmälig abnimmt,
wobei die unvermeidlichen Fehlergrenzen des Versuches ausser

Acht bleiben müssen und dürfen. Sie zeigen ferner klar, dass die Keimkraft bei hoher Temperatur trotz des hohen Keimvermögens sehr klein sein kann.

Vergleicht man die absolute Keimkraft der Tiroler Samen mit der der schlesischen, so ergibt sich leicht, dass die Keimkraft der ersteren der der letzteren beträchtlich nachsteht. Ein überaus merkwürdiges Verhalten ergibt sich nun, wenn man die vorliegenden Resultate vergleicht mit denjenigen, welche ich bei Samen von den gleichen Fichtenzapfen erhielt, die aber aus Untersuchungen gewonnen wurden, die ich schon im Laufe des letzten Winters mit denselben angestellt habe, die ich nun ebenfalls mittheilen will.

Diese letzteren Versuche hatten eine praktische Tendenz, desshalb variiren bei denselben die Zeiten mit den Temperaturen gleichzeitig. Sie bieten für die Theorie aus diesem Grunde kein so genaues Bild von den Wirkungen der Temperatur auf die Samenentwicklung. Es wurden bei dieser Versuchsreihe nicht die Samen für sich erhitzt, sondern die ganzen Zapfen sammt ihrem Inhalt waren verschiedenen, aber constanten Temperaturen ausgesetzt. Die Temperatur, welche die Samen während des Versuches durchmachten, entspricht daher nicht der im Erwärmungskasten herrschenden. Ich will lediglich nur das Endresultat dieser Versuche mittheilen, weil es vollkommen genügt das zu zeigen, auf was es hier ankommt. Die Details dieser Reihe werden in einem forstlichen Fachjournale zur Veröffentlichung gelangen.

Als ich die Fichtenzapfen aus Schlesien erhielt, war das Keimungsvermögen der Samen ausserordentlich gering, obgleich dieselben zur Reifezeit geerntet worden waren. Die Zapfen standen bei mir in einem Sacke den ganzen Winter über in einem ungeheizten Zimmer und zeigten bis zum Eintritt des Sommers dasselbe geringe Keimprocent, welches zu verschiedenen Zeiten und öfters festgestellt wurde. Erst mit Eintritt dieses Sommers war eine Zunahme in der Keimfähigkeit ohne mein Hinzuthun bemerklich.

Ich will nun zeigen, welchen Einfluss die verschiedenen Temperaturen auf dasselbe Samenmaterial hatte, mit dem ich die Versuche bei constanter Zeit während des Sommers anstellte, nur mit dem Unterschiede, dass die nun folgenden und zwar die hauptsächlichsten Experimente im Monate Februar und März dieses Jahres angestellt wurden.

Die erste Columne der folgenden Tabelle gibt die Temperaturen t an, welche die Zapfen ihren Samen einschliessend ausgesetzt waren. Die zweite Columne zeigt die Zeitdauer d, während welcher sie die betreffende Temperatur ertrugen; die dritte gibt das Keimprocent p an, während die vierte über das Volumen, respective die Keimkraft Aufschluss gibt, wobei zu erinnern wäre, dass das Volumen der gekeimten Samen zuerst wiederum auf je 100 Samen umgerechnet wurde.

Schlesische Fichtensamen

im Winter 1875/76 untersucht.

	d		p	v
	Stunden,	Minuten		
100° C.	1	13	60	2·5
90	1	42	46	1·5
80	2	11	76	2·4
75	2	28	87	2·0
70	··	9	95	3·1
65	2	24	95	3·2
60	2	44	94	3·4
55	3	21	97	4·1
50	4	19	90	4·5
45	8		96	2·8
40	9	33	78	2·3
35	18	32	93	2·2
0			21	1·9

Die Zeiten, während welchen die Zapfen erhitzt worden waren, haben ein besonderes praktisches Interesse. Der Gang der Temperaturen innerhalb der Zapfen ist mir durch Versuche bekannt; es würde aber zu weit führen hierauf einzugehen. Die Tabelle gibt ein genügend klares Bild über die Wirkung steigender Temperatur auf die Fichtensamen, welche in den letzten Wintermonaten untersucht worden waren und ohne Erwärmung ein enorm niedriges Keimprocent zeigten. Das Keimprocent der Controlsamen wurde, wie schon einmal erwähnt, während des ganzen Winters nicht nur einige Male, sondern öfters festgestellt und es resultirte stets eine Zahl, welche der obigen nahe kam und die Keimkraft verhielt sich ebenfalls annähernd gleich.

Die Tabelle lehrt, dass bei diesem Versuche, wenn man von den gelegentlichen, vorderhand kaum vermeintlichen Unregelmässigkeiten absieht, dass mit steigender Temperatur das Keimvermögen zuerst bis 55° C. zunimmt um dann wieder mit weiterer Erhöhung der Temperatur zurückzugehen. Das gleiche Gesetz spricht sich auch für die Volumenwerthe oder für den Gang der Keimkraft aus.

Wenn man dieses Verhalten mit dem früher aufgeführten vergleicht, so sieht man, das Keimungsvermögen, ebenso auch die Keimkraft haben mit Beginn dieses Sommers von selbst zugenommen. Im Winter hatte das Erwärmen einen ausserordentlichen Erfolg sowohl auf die Menge als die Kraft der Keime. Das grösste Keimprocent wurde bei längerem Erhitzen auf 55° C. erhalten, das grösste Volumen bei 50° C.; von da an aufwärts der Temperaturscala nahmen beiderlei Werthe wieder langsam ab.

Dasselbe Samenmaterial im darauffolgenden Sommer untersucht, zeigte ein umgekehrtes Verhalten. Die künstliche Erwärmung setzte Keimvermögen und Keimkraft ihrer Zunahme gemäss herab, offenbar weil das Keimungsvermögen und die Keimkraft an und für sich schon gestiegen waren und die länger andauernde niedere Temperatur dasselbe bewirkt hatte, was eine kurze aber hohe Temperatur zu leisten im Stande ist.

Daraus geht im Allgemeinen, worauf ich besonderes Gewicht legen will, hervor, dass diesbezügliche Versuche mit Pflanzensamen niemals sofort ein allgemeiner Werth, respective allgemeine Giltigkeit beigelegt werden darf.

In den Samen gibt es Vorgänge, die zu geeigneter Zeit von selbst eintreten, aber auch künstlich beschleunigt werden können.

Versuche mit den Tiroler Samen ergaben ein ähnliches Resultat. Die Untersuchung wurde nur nicht mit derselben Ausführlichkeit behandelt. Sie besassen unerwärmt schon ein bemerkenswerthes Keimvermögen, welches sich auf 62% belief, das schon durch $2\frac{1}{2}$stündiges Erwärmen auf 50° C. auf 93% sich hob, während der Volumenwerth der unerwärmten Samen 2·4 CC., der der auf 50° C. erwärmten 2·58 CC. betrug. Die unerwärmten

Samen besassen bei relativ immerhin noch mittelmässigem Keimungsvermögen eine grosse Keimkraft, welche freilich hinter der der schlesischen Samen sehr merklich zurückblieb. Wenn man die Werthe der Keimfähigkeit und der Keimkraft dieser unerwärmten Samen mit denen der früher mitgetheilten Versuche vergleicht, so sieht man, dass auch hier sich beide Grössen mit Beginn des Sommers von selbst gehoben haben.

Ich wollte nun ferner wissen, welchen Erfolg verschiedene Zeitdauer des Erwärmens auf ein und denselben Temperaturgrad auf die Samen ausübe und wählte hierzu die schlesischen Samen aus. Die Versuche, im letzten Winter unternommen, wurden bei 40, 50 und 60° C. ausgeführt. Die erste Columne der folgenden Tabelle gibt wiederum die Temperatur t an, die zweite die Zeitdauer des Erwärmens $= d$, die dritte das Keimprocent p, die vierte das Volumen auf 100 Samen umgerechnet in Kubikcentimetern an.

Schlesische Fichtensamen
im Winter 1875/76 untersucht.

t	d	p	v
40° C.	9 Std.	78	
40	19	96	
40	24	92	3·26
40	41	89	3·57
50	4	90	4·1
50	8	98	4·17
50	12	98	3·76
60	2·5	92	3·37
60	5·5	95	3·78
60	8	92	3·47

Wir sehen somit, dass ein längeres Erhitzen auf 40° C. die hier behandelten Fichtensamen für ihre Entwicklung geschickter macht, und dass bei 41stündigem Erwärmen sogar noch ein günstiger Einfluss wahrzunehmen ist, welcher sich allem Anscheine nach durch weitere Zufuhr von gleichen Wärmemengen dem grösstmöglichen Werthe der Keimkraft sich genähert haben würde. Bei 50° C., bei welcher Temperatur wir für die Zeitdauer von vier Stunden bereits den höchsten Volumenwerth

erhielten, zeigt derselbe sogar noch eine wenn auch unbedeu-
tende Zunahme, auf welche indess kein Gewicht gelegt werden
kann, bei achtstündigem Erwärmen. Bei zwölfstündigem Erhitzen
tritt aber die schädliche Wirkung sofort zu Tage. Beim Erwärmen auf 60° C. zeigt sich etwas Ähnliches.

Was nun die Geschichte betrifft, so sind es streng genommen
nur zwei Untersuchungen, welche herbeigezogen werden müssen.
Die Eine rührt von Wiesner[1], die Andere von Nobbe[2] her.

Wiesner erwärmte Fichtensamen eine Viertelstunde lang
auf 40, 45, 50, 55 und 70° C. Er säete dann die Samen im
botanischen Garten der Mariabrunner Forstakademie am 7. Juni
1871 aus und erhielt folgendes Resultat: Die auf 40° C. erwärmten Samen brachten normale Keimlinge am 1. Juli hervor.
Die auf 45° C. erhitzten erschienen am 3. Juli und waren nor-
mal. Die auf 50° C. erwärmten erschienen am 1. Juli und waren
etwas verkümmert. Die auf 55° erhitzten waren gleichfalls verkümmert und erschienen am 1. Juli. Am 3. Juli kamen schwache
Keimlinge der auf 70° C. erwärmten Samen hervor und 35 Min.
auf 45° C., während 50 Min. erhitzte Samen gar nicht keimten.
Die unerwärmten Samen traten am 3. Juli über die Erde. Wiesner hat somit schon gezeigt, dass Nadelholzsamen Temperaturen
von 70° C. ertragen können und es fiel ihm auch auf, dass die
erwärmten Samen früher, wie die unerwärmten keimten.

Nobbe bestimmte die Keimkraft in den Monaten Juli bis
November von Fichtensamen, die einerseits grünen, andererseits rothen Fichtenzapfen entnommen worden waren und kam
zu dem Resultate, dass die Keimkraft der rothen durchaus
zurückbleibe hinter der der grünen Zapfen, ferner dass, da
Nobbe mit Beginn des Winters keine Zunahme des Keimprocentes gewahrte, er den gewagten Schluss zog, dass die Keimungsreife der Fichtensamen sehr frühzeitig eintrete. Dass
Nobbe's Versuche nicht entscheidend waren, diesen Schluss zu

<hr>

[1] Wiesner, Experimental-Untersuchungen über die Keimung der
Samen. Sitzungsber. der kais. Akademie der Wissenschaften zu Wien.
Math.-naturw. Cl. 1871, 20. Juli.

[2] Nobbe, Über die Keimungsreife der Fichtensamen. Nobbe's
„Landwirthschaftliche Versuchsstationen". 1874. Bd. XVII.

ziehen, geht aus der vorliegenden Abhandlung hervor. Ob die geringe Keimfähigkeit Nobbe's Versuchsmaterials von Roth- fichtensamen mit demjenigen dessen, welches ich bei Beginn und während des letzten Winters in Händen hatte, in irgend einem Zusammenhange steht, das wage ich nicht zu ent- scheiden.

Wiesner zog aus seinen Untersuchungen gar keinen bestimmten Schluss; er beschränkte sich darauf zu sagen, dass es wahrscheinlich sei, dass Nadelhölzer bis zu 70° C. wenigstens für kurze Zeit ertragen können, ohne ihre Keimfähigkeit zu ver- lieren und dass die erwärmten Samen in der Mehrzahl der Fälle früher als die unerwärmten keimten. Auch über das Verkümmern von nicht allzu hoch erhitzten Samen konnte Wiesner sich keine bestimmte Rechenschaft geben. Dies war eben unmöglich, weil ein derartiger Versuch im Freien als entscheidendes Experi- ment nicht ausgeführt werden kann. Vor Allem ist kein Verlass, welcher Factor ein früheres oder späteres Aufgehen der Samen bewirkte, weil es hier an der Constanz derjenigen Factoren fehlte, welche diese Eigenschaften besitzen sollten.

Dass auch meine Methodik noch Vieles zu wünschen übrig lässt, das weiss Niemand besser als der, der mit derartigen Ex- perimenten vertraut ist. Was meine Methode leistet ist leider mehr durch erworbene Übung als durch Versuche in ver- schiedener Richtung festgesetztes Vorgehen verschuldet. Dies gilt namentlich mit Bezug auf die Beibehaltung des constanten Factors Wasser, welcher eine gewichtige Rolle spielt. Es ist nun mehr als ein Jahr, dass ich begann mich mit der Keimung der Samen in exacter Weise zu beschäftigen. Anfangs erhielt ich immer divergirende Resultate. Es bedurfte einer gewissen Aus- dauer, bis ich zu der Überzeugung kam, dass diese unbestimmten und unsicheren Resultate in den meisten Fällen ihren Grund nicht in dem Samen selbst haben, sondern dass es hauptsächlich von der Geschicklichkeit des Experimentators abhängt, ob ihm das Experiment ein Gesetz klar vor Augen führt oder nicht.

Zahlreiche Untersuchungen haben mir gezeigt, dass die Entwicklungsfähigkeit eines Samens eine Grösse ist, mit welcher sich mit Sicherheit dann operiren lässt, wenn die Wirkung sämmtlicher in Betracht kommender äusserer Agentien zuvor

klar gestellt, zum Mindesten von dem Experimentator zuvor erfahren worden sind.

An die vorliegenden Daten liessen sich mannigfache praktische Fragen knüpfen, auf die einzugehen ich hier verzichten
muss. Nur ein Punkt scheint mir von so allgemeinem nicht nur
praktischem, sondern in noch höherem Grade theoretischem
Interesse zu sein, dass ich ihn berühren will.

Wenn wir die auf verschieden hohe Temperaturen erhitzten
Samen gemischt der Natur übergeben, und dies kommt in Wirk-
lichkeit ja häufig vor, so würden, darüber besteht kein Zweifel,
in vielleicht kurzer Zeit schon die kräftigeren Pflanzen, die mit
geringerer Keimkraft, die also weniger günstig ausgestattet sind,
im Kampf um das Dasein wenn auch nicht ganz, so doch theil-
weise verdrängen.

Wenn eine Aussaat von Menschenhand geschieht, so ist es
offenbar ein sehr günstiges Verhältniss, wenn nur wenigstens ein
Theil des Saatgutes den Maximalwerth seiner Keimkraft besitzt,
denn es ist sicher, dass diese schon *a priori* einen Vorsprung vor
allen andern haben und die schwächlicheren Pflänzlinge werden
nach und nach unterdrückt oder sie werden schon anfangs, in
häufigen Fällen wenigstens, mit Absicht bei Seite geschafft.

Nehmen wir aber einen andern Fall, wir würden etwa ein
Samenmaterial verwenden, welches etwa durch höhere Temperatur, der es ausgesetzt war, etwas wenn auch nicht beträchtlich
in seiner Keimkraft zurückgeschritten sein und sämmtliche zur
Aussaat kommenden Samen hätten genau denselben Process
durchgemacht, so würden die etwas geschwächten Sämlinge, da
sie keine Concurrenz mit stärkeren auszuhalten hätten, ungehin-
dert aufkommen und es wäre eine weitere Aufgabe zu untersuchen, ob eine ursprünglich schwächere Pflanze später noch
zur vollkommenen möglichen Kraft gelangen kann, oder ob ein
Fehler bei der Geburt auf das ganze Leben seine Folgen hat.
Meiner Ansicht nach, lässt sich diese Frage weder unbedingt
bejahen noch verneinen. Theoretisch kann man die Frage nicht
in bestimmter Weise entscheiden. Praktisch würde sie vollkommen
gleiche Culturbedingungen voraussetzen und eine jahrelange auf-
merksame Beobachtung und strenge Controlle erfordern. Ich
habe einigen Grund, zur Vermuthung, dass ein ursprüngliches

Missverhältniss, wenn auch nicht immer nachwirken muss, so doch oft nachwirken kann und von diesem Gesichtspunkte aus betrachtet, lässt sich die Behauptung aufstellen, dass die Verwendung von Samen, unter denen wenigstens nicht ein Theil die überhaupt grösstmöglichste Keimkraft besitzt zu dem Ruin der Wälder oder Felder ein gutes Stück beitragen kann.

Diese Betrachtung zeigt, ein wie grosses und wichtiges Gebiet dem Naturforscher zur exacten Behandlung und Lösung offen steht.

Das was sich mir aus dieser Arbeit mit Sicherheit zu ergeben haben dünkt, will ich kurz recapituliren.

1. Das Keimprocent sowohl, wie die Keimgeschwindigkeit gibt keinen sicheren Aufschluss über die Keimkraft der Samen; umgekehrt gilt dasselbe Gesetz.

2. Die Erwärmung von Samen kann einen günstigen oder ungünstigen Einfluss auf das Keimungsvermögen und die Keimkraft ausüben, je nachdem der physiologische Zustand ist, in dem der Same sich befindet.

3. Die Zeitdauer der Erwärmung ist von wesentlichem Einfluss auf die Entwicklung des Samen, insoferne längeres Erwärmen bei niederen Temperaturen denselben Effect wie kurzes Erwärmen auf höhere Temperaturgrade hervorrufen kann.

4. Eine mit der vorliegenden Untersuchung im Zusammenhang stehende Hypothese lautet: „Eine nicht vollkommen normale Keimkraft von Samen kann ihren ungünstigen Einfluss noch auf die Weiterentwicklung der Pflänzlinge auf unbestimmte Zeit hinaus in geringerem oder grösserem Grade geltend machen, insbesondere dann, wenn in der Natur derartige Sämlinge unter sich und nicht mit stärkeren ihrer Art in Concurrenz treten, was ersteres tagtäglich insbesondere in der Forstwirthschaft eintritt.

Appendix.

Ein zweckmässiger Thermostat.

Man hat bis jetzt, um für kürzere oder längere Zeit bestimmte Temperaturen herzustellen, sich entweder grosser Räume, ganzer

Localitäten bedient, oder man hat mehr oder weniger einfache Apparate construirt, die aber durchgehends nur eine beschränkte Anwendung gestatten.

Diesem Übelstande abzuhelfen, habe ich mich bemüht einen Apparat herzustellen, mit Hülfe dessen man von der Temperatur des Arbeitsraumes unabhängig ist. Derselbe erlaubt fast vollkommen constante Temperaturen für beliebige Zeiten hervorzubringen. Hierbei ist es möglich, Beobachtungen, selbst Messungen an Versuchsobjecten, die sich im Apparate befinden, vorzunehmen ohne zu diesem Zwecke denselben öffnen zu müssen.

Die für den Vegetationsprocess im Allgemeinen in Betracht kommenden Temperaturen, die sich constant für längere Zeit herstellen lassen, liegen zwischen ungefähr — 10° C. und 60° C.

Der wesentlichste Theil des Apparates besteht aus einem würfelförmigen oben offenen, doppelwandigen Kasten aus Zink, welcher mit einem ebenfalls doppelwandigen Zinkdeckel verschlossen werden kann. Dieser Deckel greift mit einem einfachen Falz in eine am Kasten oben angebrachte Zinkrinne. Eine Doppelseitenwand, ich will sie die Vorderwand nennen, ist statt der Zinkwände vollkommen ersetzt durch zwei parallelwandige Glastafeln, die mittelst Miniumkitt durch Zinkrahmen festgehalten sind. Die Hohlräume der Wände sind bestimmt, mit Wasser oder je nach Umständen mit einer andern Flüssigkeit, angefüllt zu werden und zwar ist die Einrichtung so getroffen, dass auch die zwischen den beiden Parallelgläsern befindliche Flüssigkeit mit derjenigen der vier übrigen Hohlräume vollkommen frei communiciren kann. Eine Communication derjenigen Flüssigkeit, welche den Deckel erfüllt, mit derjenigen des Kastens findet nicht statt, was sich auch nicht als nothwendig ergeben hat.

In dem Deckel befinden sich drei Öffnungen, welche dazu dienen: erstens ein Thermometer, zweitens einen Thermoregulator aufzunehmen; die dritte Öffnung ist bestimmt Wasser den Versuchsobjecten zuführen zu können.

Der Thermoregulator ist ein modificirter Reichert'scher[1]. Herr Chemiker Fischer in Wien hat denselben vor längerer Zeit

---

[1] Ein einfacher Thermoregulator von Prof. E. Reichert in Freiburg. Poggendorff's Annalen, 1872, Bd. 24, p. 467.

schon dahin abgeändert, dass das Gaszuflussrohr nicht in das Quecksilbergefäss eingeschmolzen, sondern nur eingeschliffen ist, was einen grossen praktischen Vortheil gewährt, insoferne der Regulator sich nun zu jeder Zeit während des Experimentirens leicht und rasch reinigen lässt, sobald sich Producte verschiedener Natur, die in geringem Grade störend wirken können, im Innern desselben abgelagert haben. Ich mache bei dieser Gelegenheit auch sogleich darauf aufmerksam, dass wenn eine gewisse Temperatur auf die höchste Constanz gebracht werden soll und die Temperatur des Thermoregulators merklich niederer. liegt als diejenige des zuströmenden Leuchtgases, dass dann das letztere vor dem Einströmen zuerst ein Chlorcalciumgefäss durchlaufen muss, um jede Condensation von Wasserdampf aus dem Leuchtgase innerhalb des Gaszuflussrohres des Regulators zu vermeiden.

Gelegentliche Temperaturschwankungen im Innern des Versuchsraumes von beiläufig 1—2° C. und auch mehr, scheinen meist durch solche Unregelmässigkeiten, durch Ansetzen kleiner Wassertröpfchen sich zu bilden. Ist das Leuchtgas ganz getrocknet, so lässt sich thatsächlich in den meisten Fällen mit diesem Instrumente eine überraschende Constanz der Temperatur erzielen.

An den Seitenwänden des Zinkkastens befinden sich mehrere kleine Öffnungen um gemessene Luftvolumina oder, wenn es sich um Einwirkung verschiedener Gase bei bestimmten oder variablen Temperaturen auf das Leben der Pflanzen handelt, diese selbst eintreten zu lassen und sie andererseits wieder an beliebigen Orten abzusaugen. Bei Gasuntersuchungen wird die Rinne, in welcher der Deckel des Apparates steht, mit Glycerin, Fetten, Ölen u. s. w. aufgefüllt um die Gase des Innenraumes hermetisch gegen oben abzusperren. Soll die Temperatur der eintretenden Luft oder eines Gases möglichst genau derjenigen des Versuchsraumes beim Eintritte schon gleichkommen, so lässt man diese Agentien zuvor durch Röhren strömen, welche mit dem Erwärmungskasten in innigem Contactd stehen.

Der Zinkkasten muss aussen und innen mit eisernen Reifen umgeben werden, weil sonst der ziemlich bedeutende Druck des Wassers, das sich innerhalb der Wände befindet, die Zinkwände ausbaucht und hierdurch Zerrungen an den Löthstellen des Apparates entstehen, die leicht zu kleinen Läsionen Anlass geben können. Sobald der Apparat einige Zeit schon in Thätigkeit war, kommen dann die im Anfang auftretenden, kaum vermeidlichen Beschädigungen nicht mehr vor.

Bei allen Temperaturen, die man herzustellen wünscht, welche über der Temperatur des Arbeitslocales liegen, ist der Apparat schon in dieser Form brauchbar. Ich stelle denselben auf einen hölzernen Sockel und trenne den Zinkkasten von der höher oder tiefer in dem Untersatz befindlichen Flamme nur noch durch ein Eisenblech, damit vorzugsweise das Zink vor merklicher Oxydation geschützt werde.

Die erwärmende Flamme stammt je nach dem Bedürfnisse von einem Bunsenbrenner oder sonst einem Heiz-Apparat her und wird das Leuchtgas, nachdem es den Thermoregulator durchströmt hat, so zu dem Brenner geführt, wie es die Abbildung darstellt.

Handelt es sich um Herstellung von Temperaturen, die unter der Temperatur des Arbeitsraumes liegen sollen, so kann man sich zunächst mit Kühlwasser behelfen. Bei grösseren Temperaturdifferenzen wird der Zinkkasten mit Eis oder Kältemischungen umgeben. Zu diesem Behufe wird der ganze Apparat mit einem Holzmantel überdeckt, der oben und an der Vorderseite ebenfalls Glasscheiben trägt; ich fülle dann den ganzen Zwischenraum zwischen Mantel und Zinkkasten mit Eis aus. Auf den Deckel stelle ich zwei mit Eis oder Kältemischungen gefüllte Behälter auf, um auch die Temperatur der in demselben befindlichen Flüssigkeit, gewöhnlich des Wassers, herabzudrücken. Das beim Schmelzen des Eises sich sammelnde Wasser fliesst aus einem unterhalb des Thermostaten angebrachten ringsherumlaufenden Canales seitlich ab.

Soll der Einfluss des weissen Lichtes auf ein pflanzliches Object bei ganz bestimmten Temperaturen oder die Wirkung verschiedener Temperaturen bei dem constanten Factor, weissen Lichtes, untersucht werden, so wird der doppelwandige Zinkdeckel durch einen doppelwandigen Glasdeckel mit Zinkrahmen ersetzt, so dass dann von oben sowohl als auch von der Seite das Licht zutreten kann.

Um die Wirkung des weniger brechbaren Theiles des Sonnenspectrum auf die Pflanze bei beliebigen Temperaturen zu prüfen, füllt man den ganzen doppelrandigen Hohlraum des Kastens sammt dem Deckel mit einer Lösung von saurem chromsauren Kali an.

Bei Anwendung von Kupferoxydammoniak, wenn man die brechbarere Hälfte des Sonnenspectrums in den Innenraum gelangen lassen will, muss aber der chemischen Untersuchung desselben mit den Zinktheilen halber eine besondere mit dieser Lösung gefüllte Glascüvette vorgeschoben werden. Keinesfalls empfiehlt es sich, die doppelte Glaswand, deren Flüssigkeitsinhalt mit demjenigen der übrigen Hohlräume des Kastens communicirt, selbst durch eine Glascüvette zu ersetzen, weil der Apparat dann nur eine beschränkte Anwendung gestattet, und zwar aus dem Grunde, weil immer dann, wenn die Lufttemperatur des Arbeitsraumes von der Temperatur des Versuchsraumes differirt, eine um so weniger gleichmässige Temperatur des Innenraumes zu erzielen ist, als die Glascüvette eine relativ grössere Fläche einnimmt. Je grösser die Temperaturdifferenz von aussen und innen, einen um so schädlicheren Einfluss muss eine Glascüvette oder gar eine einfache Glastafel haben.

Ich habe bis jetzt nur von der Wirkung des Lichtes und der Gase bei gleichen oder variablen Temperaturen auf das Pflanzenleben gesprochen; es ist aber selbstverständlich, dass bei allen Versuchen, bei denen es sich handelt den Einfluss irgend eines Agens bei bestimmten oder variablen Temperaturen oder bei constanten Temperaturen die Wirkung veränderter anderweitiger Factoren zu erforschen, dieser Apparat, in der Combination, wie ich sie hier mitgetheilt habe, für pflanzenphysiologische Experimente wesentliche Dienste leisten wird.

Ist es fernerhin wichtig, bei Messungen, Zählungen u. s. f. im Versuchsraume arbeiten zu können, ohne hierbei eine sehr merkliche Temperaturstörung in demselben hervorzurufen, so empfiehlt es sich einen an einem Messingring befestigten Kautschukhandschuh an einer der Seitenwände des Kastens anzubringen. Dadurch ist es möglich die Hand in den Versuchsraum einzuschieben, ohne dass hierbei Luftströmungen von aussen nach innen stattfinden und wird hierdurch die Temperatur im

Innern bei raschem Operiren in der Mehrzahl der Fälle wenigstens kaum wesentlich verändert.

Der ganze Apparat, so wie ich ihn seit einem Jahre ver-
wende, hat eine Höhe von 150 Ctm., eine Breite von 75 Ctm.
und ist ebenso tief als breit. Der Rauminhalt der eigentlichen
Versuchskammer beträgt circa 0·13 Kubikmeter. Die Dicke der
den Versuchsraum umgebenden Wassermasse beträgt ringsum
circa 2·5 Ctm. Der Apparat könnte leicht auch in einer Grösse
hergestellt werden, die gestattete, die Functionen selbst junger
Bäume bei ganz beliebigen Temperaturen zu untersuchen. Derselbe Apparat in kleinerem Massstabe ausgeführt, empfiehlt sich
als Wärmevorrichtung für mikroskopische Zwecke. Wird das
Arbeiten im Innern des Kastens hierbei nicht zu lange fort-
gesetzt, so hat man auch in diesem Falle keine wesentliche Tem-
peratursstörung zu befürchten, weil das mikroskopische Object
den Metalltheilen des Mikroskops direct aufliegt und dasselbe
daher im Gange der Temperatur so ziemlich mit derjenigen des
Mikroskops gleichen Schritt hält. Statt eines Handschuhes
bedient man sich dann zweier.

Wenn es sich darum handelt, längere Zeit ein mikroskopi-
sches Präparat auf bestimmten Temperaturen zu erhalten, so ist
diese Vorrichtung sehr empfehlenswerth. Sollen aber die Wirkungen von Temperaturschwankungen oder auch nur der Effect
einer langsam steigenden oder fallenden Temperatur innerhalb
eines kürzeren Zeitraumes untersucht werden, so ist es bei
Weitem rathsamer, das mikroskopische Object und lediglich die
Objectivlinse des Mikroskops mit einer fliessenden Wassermasse
zu umgeben, in der Weise, wie ich es in meiner Schrift: „Die
Einwirkung der Temperatur auf die Protoplasmabewegung“ [1]
näher beschrieben habe. Bei Versuchen mit Pflanzentheilen,
welche die directe Anwesenheit des Wassers nicht ertragen können, wird bei Anwendung der letzteren Methode eine kleine
Kammer diese enthaltend in das Wasser eingesenkt.

Eine besonders nennenswerthe Vorrichtung, um mikroskopische Objecte sammt dem Mikroskop einer beliebig gestei-
gerten oder erniedrigten Temperatur auszusetzen, wurde schon

---

[1] Velten, Regensburger Flora, 1876, Nr. 12—14.

früher von Sachs[1] beschrieben. Es ist ebenfalls ein doppel-
wandiger Zinkkasten. An der Vorderwand findet sich eine relativ
kleinere Öffnung, um Licht durch eine angebrachte Glastafel
oder durch eine mit Flüssigkeit gefüllte Cuvette zum Mikroskop-
spiegel gelangen zu lassen. An den Seitenwänden sind zwei
Öffnungen angebracht, um mit einer Pincette oder einem Drahte
das mikroskopische Object von aussen verschieben zu können.
Der Deckel des Apparates besteht aus Pappe. Das Mikroskop
steht nur bis zu seiner Brücke in dem eigentlichen Versuchsraum, so dass also Tubus und Mikrometerschraube nach aussen
in die Luft ragen. Der von mir beschriebene Apparat bietet dem
Thermostaten von Sachs gegenüber somit wesentliche Vor-
theile dar.

Der Apparat leistet für thierphysiologische Zwecke, wie
sich dies von selbst ergibt, die gleichen Dienste wie für pflanzenphysiologische.

---

[1] Sachs, Lehrbuch der Botanik. 1873, p. 643; 1874, p. 706.